想当国王的人

EL HOMBRE QUE PUDO REINAR

[英]吉卜林 著 [西]费尔南多·维森特 绘 王逢鑫 译

中国经济出版社
CHINA ECONOMIC PUBLISHING HOUSE
·北 京·

图书在版编目（CIP）数据

想当国王的人 /（英）吉卜林著 ;（西）费尔南多·维森特绘 ; 王逢鑫译. -- 北京 : 中国经济出版社，2024.3

（银河少年奇幻名著金奖美绘系列）

ISBN 978-7-5136-7625-0

Ⅰ.①想… Ⅱ.①吉… ②费… ③王… Ⅲ.①儿童故事-图画故事-西班牙-现代 Ⅳ.①I551.85

中国国家版本馆 CIP 数据核字（2024）第 015962 号

责任编辑　陶栎宇
责任印制　马小宾
封面设计　平　平

出版发行　中国经济出版社
印 刷 者　北京艾普海德印刷有限公司
经 销 者　各地新华书店
开　　本　787mm×1092mm　1/16
印　　张　5
字　　数　43 千字
版　　次　2024 年 3 月第 1 版
印　　次　2024 年 3 月第 1 次
定　　价　59.80 元
广告经营许可证　京西工商广字第 8179 号

中国经济出版社 网址 www.economyph.com 社址 北京市东城区安定门外大街 58 号 邮编 100011
本版图书如存在印装质量问题，请与本社销售中心联系调换（联系电话：010-57512564）

推荐序

幻海泛起智慧之光

王晋康

在地球的每个角落，都不乏喜爱科幻、奇幻文学的读者，尤其是青少年读者。对于这类作品的喜爱，或许源于人们仰望星空或纵览山川湖海时产生的对世间万物的向往与好奇，那神秘的未知世界，无时不激发着人类浪漫的想象力或理性的求知欲。回溯以往，仰视漫天璀璨星斗，是否点亮了初民对世界最初的思考？毕竟，智慧往往诞生于人类向外观察宇宙、向内审视自身的刹那间。

而现代人从外太空观察地球又是怎样的感受呢？2022 年 10 月，意大利女航天员萨曼莎·克里斯托福雷蒂从国际空间站遥望地球时，引用中国古代书法家王羲之《兰亭集序》中的名句“仰观宇宙之大，俯察品类之盛，所以游目骋怀，足以极视听之娱，信可乐也”，引发了全球网友的热议，人们惊叹距今 1600 余年的先贤那超越时空的眼界与胸怀，也“刷新”了当代人对科学技术和人文学科相结合的认知——科学与文化的发展，如同人类文明的两翼，共同支撑起现代文明的坚实根基。

科技与人文的结合，也是“银河少年科幻 / 奇幻名著金奖美绘”丛书的出版初衷。丛书囊括了科幻小说、动物小说、冒险故事、童话和寓言，内容处处不离一个“幻”字——不论是科幻经典还是奇幻经典，都有着超越时代、常读常新的理性精神与艺术价值。

其中，科幻系列包括“科幻小说之母”玛丽·雪莱和“科幻小说之父”凡尔纳的名作：《科学怪人》《从地球到月球》《海底两万里》。作为科幻文学的开山之作，《科学怪人》以弗兰肯斯坦博士制造巨人为主线探索生命科学，以诗性的语言、充满戏剧张力的矛盾冲突，对科学发展与社会伦理作出振聋发聩的预言。同样是科幻文学的奠基之作，凡尔纳的《从地球到月球》《海底两万里》把视线投向了神秘的太空与深海，畅想了天文学、弹道学、力学、化学、材料学、海洋学、生物学等诸多学科在工业领域的应用。作品深刻影响了“火箭之父”冯·布劳恩、现代航天学和火箭理论奠基人康斯坦丁·齐奥尔科夫斯基、美国天文学家埃德温·哈勃、第一个进入太空的人加加林，也包括刘慈欣与我等科幻作家，虽然其中的一些细节已被时代超越，但蕴含的开创意义和探索精神，至今熠熠生辉。

奇幻系列则包括情节更加奇特、浪漫的《变形记》《野性的呼唤》《出卖影子的人》《想当国王的人》，作者分别是文学大师卡夫卡、杰克·伦敦、沙米索和诺贝尔文学奖得主吉卜林。这些作品倾向于人文精神的启蒙，以讲述人与人的关系、人与世界的关系、人与自身的关系、人与梦想的博弈等四个寓言，对人性发出了终极的考问。

好故事离不开优秀的译本，精彩的插画则会为读者带来身临其境的感受。相信这套集“名著、名译、名绘”于一体的丛书的出版，会为青少年读者带来充满艺术气息、人文理想气息和经典气息的不同凡响的阅读体验，也希望每一代孩子都在科学熏陶和人文情怀下获得茁壮成长！

不论跟王子拜为兄弟，
还是跟乞丐结为知己，
都只因你看出
他将会出人头地。

上面引的那条处世之道，提出了一个公正而不易遵循的人生准则。我曾经一次次将一个乞丐视为知己，但当时的环境却无法使我们看出对方是否会出人头地。虽然我曾与一位本来可能成为正统国王的人沾亲带故，得到许诺让我继承王位——掌管军队、法庭、财政收入和国家决策，一切统统归我掌管，但我现在仍然只能与王子称兄道弟。可是今天，我十分担心我的国王已经一命归天，要是我想称王加冕，就得亲自去寻找机会。

故事一开头是在由阿杰米尔[1]去姆霍[2]的一列火车里发生的。预算中出现了超支现象，这就迫使我不能乘坐二等车，虽然它只花头等车一半的票价。我只能搭坐客货混合车厢，那里的情况确实糟糕。在客货混合车厢里根本没有靠垫，那里的乘客都是些混杂的人，即欧洲人与亚洲人所生的混血儿；或是些本地人，他们夜间长途坐车让人感到讨厌；再不就是些游手好闲之徒，他们虽然喝得酩酊大醉，却能逗人开心。客货混合车厢的乘客从不在小吃店买东西。他们提着一包包、一罐罐食品，想吃糖就从当地的糖果小贩那里买，想喝水就喝道边的生水。

[1] 阿杰米尔：印度西北部拉贾斯坦邦的一个城市。——编者注
[2] 姆霍：印度中央邦的一个城市。——编者注

因此，天热时客货混合车厢里总有旅客死掉被抬下车来，而不论什么天气，那里的乘客都十分受人轻视。

我乘坐的那个特别的客货混合车厢碰巧是空的，一直到纳西拉巴德车站时才上来一位身材高大、眉毛浓黑而未着外衣的绅士模样的人。他按照客货混合车厢旅客的习俗对我打了个招呼。他跟我一样，也是个到处流浪、四方漂泊的人，但是具有因善饮而练就的品尝威士忌酒的鉴赏力。他讲了许多他本人所见所为之事，有的是关于他深入印度帝国的穷乡僻壤的经历，有的是关于他为谋得几日口粮而出生入死的冒险遭遇。

他说道："如果印度遍地都是你我这样的人，连乌鸦都不如，不知道到哪里去弄第二天的口粮，那么这个国家从财政收入所支出的就不是七千万——而是七万万了。"我看着他的嘴巴和下巴，从心底赞同他的观点。

我们谈起了政治——游手好闲之辈所关心的政治，他们总是从地板底下板条钉得不平、灰膏抹得不匀的那一面来看待事物——我们又谈到了邮政设施，因为我的这位朋友想从前面一站往阿杰米尔发回一封电报，而阿杰米尔车站是在火车西行时由孟买[1]到姆霍这条干线上的一个交叉口。我的朋友身上除了仅有用作吃饭的八个安那[2]外，就不名一文了，而我由于前面提到的预算中出现亏空，更是身无分文。此外，我要到一个荒凉地方去，在那里我虽可再度同财政部接上头，但那里根本没有电报局，所以，我怎么样也帮不上他的忙。

"我们不妨威胁一下火车站长，让他赊账发个电报，"我的朋友说道，"可是那样做会意味着盘问你我一番。而这些日子我一直手头

[1] 孟买：印度最大的城市和港口，是马哈拉施特拉邦的首府。——编者注

[2] 安那：印度古代的一种货币名。——编者注

事情排得满满的。你刚才不是说你在几天之内还要乘车沿这条线返回来吗？”

“十天之内。”我回答说。

“你能不能在八天之内返回？”他说道，“我干的是件相当急迫的事。”

“如果对你合适的话，我可以在十天之内替你打个电报。”我说。

“现在我想起来了，我不敢保证他是否会收到电报。情况是这样的。他定于二十三号离开德里，去孟买。那就是说，他大约在二十三号夜间经过阿杰米尔车站。”

“但是我要进入印度大沙漠中去。”我解释说。

“好得很，好极了，”他说，“那么你就在马尔瓦尔[1]车站换车，好进入乔德普尔[2]地区——你可得一定那样走——他将在二十四号清晨乘孟买邮车路过马尔瓦尔车站。你能在那天夜里准时到达马尔瓦尔车站吗？那样做不会给你带来不方便的，因为我知道从印度中部的这些邦是得不到多少宝贵材料的——即使你装成是《乡巴佬报》的记者。”

“你曾经试过那种鬼花招吗？”我问道。

“一次又一次试过，但是那里的居民们会认出你来的。你还没来得及拔出刀去杀他们，就已被押送到边界了。不过，还是说说我的朋友吧。我必须给他捎个口信，告诉他我的情况，否则他不知道该到什么地方去。如果您能及时从印度中部出来，在马尔瓦尔车站找到他，并对他说：‘他这个星期已到南方去了。’那样我会对您加倍感谢的。他会明白那句话是什么意思的。他是个身材高大的人，留着红胡子，

[1] 马尔瓦尔：位于印度西北部拉贾斯坦邦。——编者注

[2] 乔德普尔：印度拉贾斯坦邦的第二大城市，也是一座古城。——编者注

一个了不起的人。你将会在一个二等车厢里找到他。他像个绅士一样睡在那里，把行李放在自己周围。但是你不要害怕。你顺着车窗往下看，对他说：‘他这个星期已到南方去了。’他会明白是什么意思。那样一来，可得叫你在那些地方少待两天。我是把你当成个陌生人——到西边去的陌生人来求你的。”他加重语气说道。

“你到底是从哪里来的？”我问道。

“从东边来。”他回答说，“我希望你把这个口信原原本本地传给他——看在你的母亲也看在我的母亲面上。”

英国人通常是不会因有人让他回忆起自己的母亲而变得心软的。但是由于某些以后会十分明显的原因，我决定还是答应他。

“这是件非同小可的事，”他说，“正为此，我才求您来办——而现在我知道我可以依赖你来办此事。记住在马尔瓦尔车站的一节二等车厢里，有个红头发的人正在睡大觉。你千万要记住。我在前面一站下车，我得守在那里，等他亲自前来，或捎来我所需要的东西。”

“如果我能碰上他，就把这个口信捎给他。”我说，“看在你的母亲也看在我的母亲面上，我给你提点忠告。现在你千万不可冒充《乡巴佬报》记者的身份，在印度中部各邦跑来跑去。眼下有个真正的《乡巴佬报》记者正在那一带游荡，要是你冒充，可能会惹出乱子来。”

“谢谢你，”他直率地回答，“可那个混账记者什么时候会走开？我不能因为他毁了我的工作而饿死。我本想为了德古姆伯邦王公[1]的寡母之事，在这里抓住那个王公，出其不意吓他一跳。”

“那么，他到底对他的寡母干了些什么事呢？”

“王公把他的寡母吊在大梁上，把她活活打死。是我亲自把这件

[1] 王公，这里指旧时印度各邦的统治者。——编者注

事弄得水落石出的，而只有我一个人敢为此事进入这个邦去拿封嘴巴的钱。他们要毒死我，跟当初我去乔敦姆纳取赃款时那伙人要毒害我一样。所以，你在马尔瓦尔车站把我的口信捎给那个人，行吗？”

他在道旁的一个小站下了车，我沉思起来。我曾经不止一次听说有人假冒报纸记者，通过威胁说要进行揭露，迫使一些小的地方邦政府拿出钱来通融，而我本人以前还从未遇到过属于这个种姓[1]的人。这些人过着艰苦的生活，一般都是突然死去的。那些地方邦政府极端惧怕英文报纸，因为这些报纸会披露他们进行统治的独特伎俩，因而他们尽力用香槟酒给记者们灌迷魂汤，或者用四匹马拉的大马车拉着记者们兜风，弄得他们晕头转向。他们不理解，只要压迫和犯罪行为被控制在说得过去的限度之内，只要统治者不是年复一年地吸毒、酗酒或染病在身，谁也不会对那些地方邦政府的内政表示一丝一毫的关心。上帝当初创建地方邦政府，为的就是提供美丽如画的风景，提供成群成帮的老虎，提供堆积如山的公文。这些邦是世上最黑暗的地方，充斥着无法想象的苛政，一方面涉及新兴的铁路和电报设施，另一方面使人联想起古老的哈伦·拉希德[2]的日子。我下火车以后，就去跟形形色色的国王打起交道来，在八天之内经历了生活中的许许多多变化。有时，我身穿华丽衣服，与太子亲王及政界要人一起消磨时光，喝酒用的是水晶酒杯，吃饭用的是银制餐具。有时，我却直挺挺躺在地上，拿一个银箔制成的盘子盛着我能弄到的食物，大口大

[1] 种姓：种姓制度是印度等国的一种以血统论为基础的社会体系，将人分为婆罗门、刹帝利、吠舍和首陀罗四个种姓，规定了各种姓的社会地位高低。——译者注

[2] 哈伦·拉希德（764—809），阿拔斯王朝哈里发，在位期间（786—809）达到阿拔斯王朝的兴盛时期，其事迹构成《一千零一夜》的重要内容。——译者注

口地吞下去，渴了就喝生水，睡觉就裹在跟我仆人用的同样破旧的毯子里。这些就是一天要干的事。

接着，我按照答应过的那样，在约定的日期朝印度大沙漠走去。我乘坐夜间邮车在马尔瓦尔车站下车，那里有条当地人经营的小铁路通往乔德普尔，那条铁路虽窄得可笑，跑车却十分逍遥自在。由德里开来的孟买邮车会在马尔瓦尔停一会儿车。我刚到马尔瓦尔，孟买邮车就进站了。我刚好来得及匆忙跑到孟买邮车停的站台，朝车尾方向一节一节车厢找去。这列火车上只有一节二等车厢。我顺着车窗向下看，瞧见一个长着红亮红亮胡子的人，半身裹在一条铁路上用的旧毯子里。此人正是我要找的人，正在熟睡。我就轻轻地挠了一下他的肋骨。他咕哝一声就醒了。我在灯光下看清了他脸上的模样。那张脸盘很大，而且泛着红光。

“又要查票？”他问道。

“不是查票，”我回答说，“我要通知你：他这个星期已到南方去了。他这个星期已到南方去了！”

这时火车已经开始启动。这个红胡子揉了揉眼睛。“他这个星期已到南方去了，”他重复了一遍，“瞧他就是那样厚脸皮。他说没说要我给你点什么东西？但是我是决不肯给的。”

“他没说过。”我说罢，就悄然离开。我看着红色灯光在黑夜中渐渐消失。天冷得很，但是正刮着风，把沙土吹得漫天飞扬。

我朝车头方向慢慢走回自己的车厢——这一次不是在客货混合车厢——后来进入了梦乡。

要是那长红胡子的人当时给我一个

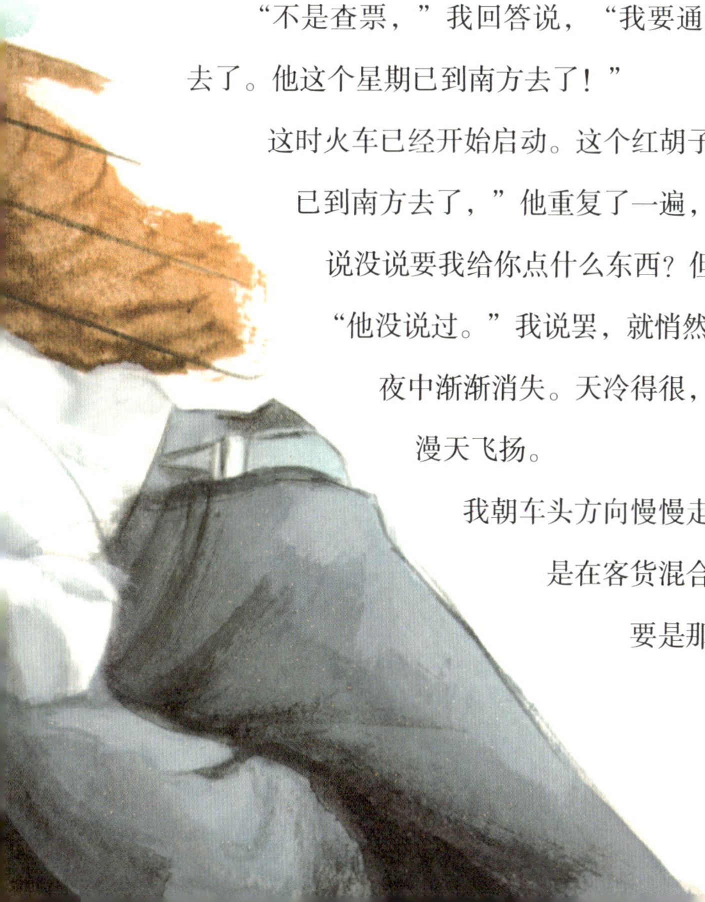

卢比[1]的话，我准会把它当作一个相当稀奇古怪事件的纪念品保存起来。但是，我得到的唯一报酬就是意识到我已尽到责任。

后来，我想到像是我的朋友的两位先生，要是他们凑在一起假冒报社记者，是干不出什么好事的。要是他们讹诈印度中部或南拉杰普塔纳[2]的一个像耗子夹子那样大的小邦，他们可能会身陷困境。所以我就不厌其烦地按照我的回忆，向可能有兴趣驱逐这两个人的人们尽量准确地描述他们的形象。我后来听说，人们果然成功地把他们二人从德古姆伯邦边境赶了回来。

于是，我变得受人尊敬，又回到编辑部去。那里既没有国王，也没有什么大事，只有天天出报纸。一家报纸的编辑部似乎能够吸引来各种各样可以想象到的人物，结果却有损于清规戒律。名门望族闺秀的代表们来到编辑部，恳求编辑先生立即放弃他的全部任务，不要去描写在一个外人根本进不去的村子的穷人窝里举行的一次基督徒授奖活动。为争夺指挥权而失意的上校们，坐下来拟写了一系列重要文章的提纲，有十篇、十二篇乃至二十四篇之多，专门论述应当论资排辈，而不应当挑选提拔。传教士们则希望弄清楚为什么编辑先生会在“我们”这一字眼特殊庇护之下，对一位传教士弟兄连篇累牍地进行攻击谩骂，而他们总是无法摆脱这种攻击谩骂。维持不下去的戏班子蜂拥而至，前来解释说他们现在付不起广告费，但是他们从新西兰[3]或塔希提岛[4]一回来，就会连本加利一起还清。享有吊扇装置、火车车厢挂钩和折不断的宝剑以及轴杆等专利权的发明家们登门造访，口袋里装着说明书，

[1] 卢比：印度货币名。——编者注

[2] 南拉杰普塔纳：拉杰普塔纳南部地区。拉杰普塔纳是印度的一个地区，曾经分布着很多小邦国，大部分位于今天印度拉贾斯坦邦。——译者注

[3] 新西兰：位于太平洋西南部的一个岛国。——编者注

[4] 塔希提岛：法属波利尼西亚向风群岛中的最大岛屿，位于南太平洋。那里四季温暖如春。——编者注

一坐就是几个钟头。茶叶公司也有人光临编辑部，拿着办公用笔在他们的开发计划书上写写画画，讲述他们的打算。舞会主办单位的干事们大声喧嚷着，好能更详尽地描述他们最近一次舞会的盛况。陌生的贵妇人们窸窣（xī sū）地走进编辑部，开口就说："我请你们马上给印一百张女士专用名片。"这口吻显然表明印名片也是编辑的一部分责任。所有放荡不羁（jī）的恶棍，只要一踏上报社所在的象鼻路，都会来求职当一名校对，把这看成一件例行的公事。而且，电话铃声总是发疯似的不断响着。在欧洲大陆上，人们正在处死一个又一个国王，而英帝国的人们在喊叫着："下一个该处死你了。"格拉德斯通[1]先生正在英帝国的自治领大动干戈，瘦小黝黑的抄字员们像疲倦的蜜蜂在嗡嗡叫着："还有要抄的没有？"而稿纸大部分还是空白，如同莫德雷德[2]的盾牌一样。

但那是一年里有趣的一段时间。而在另外的六个月里，无人问津。温度计的水银柱一格一格地上升，一直升到表的顶端；编辑部里暗了下来，亮度仅能让人看清纸上的字，印刷机仍在转动，滚烫得不能摸，但人们除了写点山区军营的趣闻或讣（fù）告[3]之类，就懒得再写别的东西了。当时，电话铃声变成了一种令人恐惧的讯号，因为电话会告诉你所熟悉的男男女女暴死的消息；你全身长满痱（fèi）子，像件厚袍子把你裹了起来，却还得坐在那里写道：据来自库德·詹塔·可汗地区的报道说，病患者略有增加。此次突发的疫病纯系个别偶然情况，由于该地区当局奋力抢救，疫病近乎得到制止。但是我们深感遗憾地记录下死亡情况，云云。

[1] 格拉德斯通（1809—1898）：英国 19 世纪政治家，曾任英国首相。——译者注

[2] 莫德雷德：英国亚瑟王传奇圆桌骑士之一，是亚瑟王的侄子，以奸逆著称，后背叛了亚瑟王。

[3] 讣告：报丧的通知。——编者注

The Times of India
INDIA'S FREEDOM

那时，千真万确发生过疫病，而对此的记录和报道越少，订户就越感到安宁。但是，帝王们继续如往常那样自私地寻欢作乐，而工头则认为每二十四小时就应该出一期日报，所有山区军营的人们在欢乐之余却说："天哪！这份报纸能不能办得活泼些？我肯定这里有足够的趣闻可报道。"

那是一个月之中看不见月亮的那半个月，正如广告上说的那样："必须亲临其境，才能一饱眼福。"

正是在那个季节里，在一个明显令人不舒服的季节里，报社在星期六夜里——根据伦敦报界的习惯就是在星期日凌晨——开始印本周的最后一期报纸。在夜里印报有极大的便利，因为报纸一付印后，拂晓时温度计会从九十六华氏[1]度降到差不多八十四度达半小时之久，而处在那阵凉爽之中，你一直要到开始祈求天气变凉爽时，才会感到在草地上八十四华氏度的温度有多么凉快——一个累极了的人没等感到高温来临就早已进入梦乡。

有个星期六夜里，轮到我舒舒服服地一个人负责上机付印。这时有位国王，或者有位朝臣，或者有位名妓，或者有个地区的全体居民就要死去，或者就要得到一部新宪法，或者就要在世界的另一端做点重要的事情，报纸得留出版面等到不能再等的最后一分钟再开印，为的是来得及登载最新收到的电讯稿。

那是一个漆黑的夜晚，是六月里最闷死人的夜晚，从西边刮来的炽热的风，在一点就烧着的干枯树木中呜呜地吹着，装出一副大雨即将来临的样子。不时地有一滴几乎要沸腾的水珠落在尘土里，使得青蛙"噗"的一声跳开去，但我们所有疲惫不堪的凡人都知道这是老天

[1] 华氏：一种用来计量温度的单位，以发明者德国人华仑海特的名字命名，符号是℉。当 x 华氏度换算为以摄氏度表示时，则为（5 / 9）（x-32）摄氏度。——编者注

爷在装腔作势。印刷机房比编辑办公室稍微凉快一点。于是我就坐在机房里，这时铅字版上正发出“咔咔嗒嗒”的声响，蚊母鸟[1]在窗前鸣叫着，而几乎赤膊的排字工人们正从前额擦去汗珠，嚷着要喝水。虽然炽热的风已经减弱，最后一个版面也已经排好，但一直在阻止我们开印的消息，不管它说的是什么事件，都始终没有传来。整个地球都在令人窒息的闷热中一动不动，全神贯注地等待着那个事件的发生。我打起瞌睡来，不知道这个电讯稿是不是会报告一个好消息，也不知道某个奄奄一息的人或某些正在奋战的人们是不是会意识到这样的耽搁所造成的不便。除了闷热和担心以外，没有什么特别理由可以制造紧张局势。正当钟的指针慢腾腾挪到三点钟时，印刷机飞轮转了两三转，以保证一切准备就绪，我这才发话放排字工人下班，我本来也许会高声尖叫的。

接着，印刷机飞轮的轧轧轰鸣打破了寂静。我正起身要走，只见有两个身穿白衣的人站在我面前。第一个人说：“就是他！”第二个人说：“正是他！”他们俩大笑起来，声音几乎跟机器轰鸣声一样震耳欲聋。他们抹去前额的汗水。两个人中矮点的那个说：“我们从路对面看到这里有灯在亮着，我们正躺在那边的沟里乘凉。我对我的这位朋友说：‘办公室开着门，咱们走过去跟使我们从德古姆伯邦被赶回来的那个人说会儿话。’”他原来是我在去姆霍的火车上遇见过的那个人，他的伙伴就是我在马尔瓦尔车站见过的那个红胡子。这个人的浓眉毛，那个人的红胡子，都是不会弄错的。

当时我不高兴，因为我想睡觉，而不想跟游手好闲的人拌嘴。我问道：“你们想干什么？”

“想跟你在办公室里凉凉快快、舒舒服服地说半小时话，”那

---

[1] 蚊母鸟，即夜鹰。昼伏夜出，捕食蚊虻。旧时以为此鸟吐蚊，故名。——译者注

个红胡子回答说，“我们想喝点什么——那个契约还没有开始生效，皮奇，所以你不必盯着我——可是我们真正需要的是主意。我们不需要钱。我们想请你帮个忙，因为我们发现你在德古姆伯邦那件事上使我们倒了大霉。”

我带路从印刷机房走到闷死人的办公室，那里墙上挂满了地图。红胡子搓了搓双手。“像那回事，”他说道，“这倒是个该来的合适地方。先生，让我向您介绍一下皮奇·塔里亚弗罗·卡内汉弟兄，就是他；再介绍一下丹尼尔·德雷沃特弟兄，就是敝人。还是少讲我们的职业为妙，因为我们这辈子干过大多数行业。当过兵，当过水手，当过排字工人，当过照相的，当过校对，当过街道传教士，此外当我们觉得《乡巴佬报》缺个记者时，就冒充这家报社的记者。卡内汉没有喝醉，我也没有醉，你先看一看我们俩，你会发现确实没醉。那样就省得你打断我的谈话。我们得一人抽你一支雪茄烟，你看着我们点起烟来。”

我观察着他们点烟。这两个人确实没有喝醉，于是我就给了他们一人一杯不冷不热的兑了苏打水的威士忌酒。

“好极了，”卡内汉眉间露出喜色说道，他又从胡子上抹去酒的泡沫，“现在让我说，丹[1]。我们已经走遍印度，主要是靠双脚。我们干过锅炉安装工、火车司机、小承包商诸如此类的工作。我们得出的结论是：印度还不是大得足以容下我们这样的人。”

但他们俩在这个房间里肯定是显得太大了。当他们二人坐在一张大桌子上时，德雷沃特的胡子好像占了半间屋了，而卡内汉的双肩又占了屋子的另一半。卡内汉接着说：“这个国家连一半资源也没有开发出来，因为治理这个国家的人们决不会让你动它一根毫毛。他们把

---

[1] 丹：丹尼尔的简称。——编者注

上天赐的全部时间都花在治理国家上。要是你举起铁锹挖土，削凿石块，寻找石油或干些其他诸如此类的事，你准会听到政府说：‘放下别管，让我们来治理。’情况就是这样，我们只好放下不管，走到别的人烟稀少而可以为所欲为的地方去。我们不是微不足道的小人。我们除了怕喝酒以外，别的什么都不怕。我们俩在那个方面已签订了一个契约。因此，我们准备远走高飞去当国王。”

“凭我们自己的资格去当国王。”德雷沃特低声喃喃说道。

“那是当然啦！”我接着说，“可你们一直在烈日下到处游荡。今晚又是个炎热的夜晚。你们不要胡思乱想，而先睡上一大觉，不是更好吗？明天再来吧！”

“我们既没有喝醉，也没有中暑，”德雷沃特说，“我们睡觉时抱着这种胡思乱想已有半年多了。我们想要看看参考书和地图册。我们早已得出结论，认为世上现在只有一个地方能让两个强人平分秋色。人们把那个地方叫作卡菲里斯坦，据我的推测，那个地方在阿富汗的右上角，离白沙瓦[1]不超过三百英里路程。那里已有三十二个异教徒崇拜的神，而我们将成为第三十三和三十四个受崇拜的神。那是个高山地区。可那里的女人却非常漂亮。”

“这可是违反契约规定的，”卡内汉说，“既不沾女人，也不沾烈性酒，丹尼尔。”

“我们仅知道还没有什么外人到过那些地区。那里的人在打仗。而在任何打仗的地方，懂得如何训练士兵的人总是能当上国王的。我们将到那些地方去，对我们碰到的任何国王说——‘你想战胜你的仇敌吗？’我们将表演给他看如何训练士兵。我们最拿手的就是训练士兵。

[1] 白沙瓦：巴基斯坦西北部古城，西北边境省省会，是中亚、西亚同南亚之间的交通要冲和贸易集散地，富有巴基斯坦民族特色。中国高僧玄奘法师曾经来过这里。——编者注

然后，我们再颠覆国王，篡夺王位，建立王朝。”

“你走出边界还不到五十英里，就会被人剁成肉酱了。”我说道，“你得穿过阿富汗，才能到达那个地区。那里是一片高山、险峰和冰川。从来没有一个英国人到过那个地方。那里的人没有开化，即使你能走近他们，也是一事无成。”

“那倒是更有可能，”卡内汉说，“如果你认为我们有点疯疯癫癫，我们反而会更高兴些。我们来你这里，是为了更多地了解那个地区的情况，读一下关于那里情况的书，让我们查看一下地图。我们想叫你对我们说我们是傻瓜，还想叫你给我们看一看你的参考书。”他转向书柜。

“你们是认真的吗？”我问道。

“有点认真，”德雷沃特甜蜜地回答，“认真程度如同你的地图一样大。即使卡菲里斯坦所在的地方在地图上是一片空白，那还有你的书可查。我们可以看书，虽然我们识字不很多。”

我从书柜里抽出那张比例尺为 1 英寸代表 32 英里的印度大地图，还抽出两张小点的边界地图，又把从 INF 至 KAN 部分的那一卷《大英百科全书》搬了下来。这两个人开始查阅。

“看这里！”德雷沃特用大拇指摁着地图说，“向北走到贾格达拉克[1]，皮奇和我认识这条路。我们曾随罗伯茨[2]的军队到过那里。我们得在贾格达拉克向右拐弯，穿过拉格曼地区。然后就进入山区——高度有一万四千英尺至一万五千英尺——在那里走路可够冷的。但在地图上看不算远。”

[1] 贾格达拉克：阿富汗峡谷名，位于喀布尔以东。——编者注

[2] 罗伯茨（1832—1914）：曾任驻印度的英军总司令。——译者注

KAPIRISTAN

我递给他伍德著的那本《奥克萨斯河[1]源考》。卡内汉正在专心致志地看那本百科全书。

“那里混杂着许多部落，”德雷沃特沉思地说，“光知道他们部落的名字，还帮不了我们什么忙。部落越多，他们就越打仗，对我们就越好。从贾格达拉克到阿什昂——哼！”

“可是关于那个地区的已知情况都是极其肤浅的，不准确的，”我断言说，“没有人真正了解那里的情况。这里是联合服务研究会的档案材料。读一下贝留所说的情况。”

“吹牛的贝留！”卡内汉说，“丹，他们是一伙臭异教徒，但是这本书却说他们认为这些人同我们英国人有关系。”

当这两个人在仔细钻研拉弗提和伍德的著作，以及地图和百科全书时，我却在一旁吸烟。

“你等也是白等，”德雷沃特彬彬有礼地说，“现在大概四点钟了。要是你想睡觉，我们就在六点钟以前走。我们是决不会偷这些书刊的。你不要老是坐着。我们是两个不伤害人的大傻瓜。如果你明天傍晚到旅店来，我们将同你告别。”

“你们俩确实是傻瓜，”我回答说，“你们不是在边界上给赶回来，就是刚一踏进阿富汗国土就被剁成肉酱。你们到边远地区去，是需要用钱，还是需要一封推荐信？下星期我可以帮助你们找到工作的机会。”

“下星期我们就要忙着干自己的工作了，谢谢你，”德雷沃特说，“当国王可不像看上去那么容易。等我们把我们的王国治理得井然有序时，我们就通知你。那时你可以来找我们，帮助我们治理国家。”

“两个大傻瓜能签订一份这样的契约吗？”卡内汉一边抑制着骄

[1] 奥克萨斯河：中亚的一条大河，发源于阿富汗北部，向北流经俄罗斯入海。——译者注

傲的神情说话，一边给我看半张油污的便条，上面记着下列的话。我当场把这段话抄录下来，当作一件奇闻——

本契约谨以上帝名义作证，立约双方需严格信守——心愿如此。

第一条：立约双方将一起解决以下问题，即就任卡菲里斯坦国王。

第二条：立约双方在解决上述问题过程中，均不得饮酒，不得贪色，不论是黑色、白色还是棕色皮肤的女人都不能找，以免与有害的酒色有任何瓜葛。

第三条：立约双方须庄严而审慎地行事，如一方陷入困境，另一方则与其有难同当。

立约双方即日签字

皮奇·塔里亚弗罗·卡内汉

丹尼尔·德雷沃特

（立约双方均为逍遥自在的绅士）

“最后一项条款是没有必要的，”卡内汉有些脸红地说，“但是写上这项条款，看来是正常的。现在你知道游手好闲之徒是些什么人了——丹，我们一直到走出印度之前，都得算是游手好闲之徒——要是我们不认真的话，你想我们会签订那样的契约吗？我们久已不沾使人生活得有价值的酒色那两件事了。”

“要是你试图做出这种愚蠢的冒险行动，你们就再也享受不到生活的乐趣了。可不要在办公室里放火呀！”我说，“九点钟以前离开这里。”

我留他们在那里继续钻研地图，并在那张“契约”背面记下要点。“明天一定要到旅店来。”他们同我分手时这样对我说。

MAP OF
69°
30'
70°
KHOST
ANJU
BADAKSHAN
Kush Dara
Indar-ab R.
Indar-ab
Lead Mines
Kawak Pass
13200
Khawak Pass
9800
Tull Pass
Timauri Shah
Koigai

IRISTAN.
71°
30'
72°
KAMOZ
KASHKAR
Shali
Luluk
Bumbureth
Shigeh
Chitral
5200
Rumbur
Absai
Shaidgol
Chamarkand
KAM
Abrons
Baraz
Ain
Ludden
Chemadaigal
Kyrabad
Madadgal
Keshi
16295
Malaian
BASHGALI
Murgesh
Mir
Kila Nagar
Galatagh
Lamgorbat
Ashuret
14650
Arando
Sukai
Birkot
Lahori Pass
Welwai
14760
14050
Gubl
Chitral R.
Sangar
Miana
Siahposh
13500
Dir
Kotkai
Dodbah
35°

孔哈森旅店是个占地大且方方正正的容纳各种人的场所，来自北方的骆驼队和马队在那里装卸货物。在那里可以看到来自中亚细亚各个民族的人，也可以看到印度本土大多数民族的人。来自巴尔克[1]和布哈拉[2]的人在那里会碰上来自孟加拉和孟买的人，都想给对方来个下马威。你在孔哈森旅店可以买到矮种马、绿松石、波斯猫、马褡（dā）裢（lian）、肥尾羊和麝（shè）香，也可以一文钱不花就得到许多稀奇古怪的东西。下午，我到旅店去，想看一看我的朋友们是有意信守诺言，还是喝醉了酒躺在那里。

一个身穿用破布条拼缀制成的百衲（nà）衣的祭司，高视阔步地走到我面前，一本正经地旋转一个小孩玩的纸风车。他身后是他的仆人，正背着一箩筐泥制玩具，把腰都压弯了。他们二人正在往两只骆驼背上装驮子。住在旅店的人们一边瞅着他们，一边发出刺耳的笑声。

“这个祭司疯了，”一个马贩子对我说，“他打算去喀（kā）布尔[3]把玩具卖给埃米尔[4]。他也许会被奉为上宾，也许会人头落地。他是今天上午来旅店的。他自来了以后就一直疯疯癫癫的。”

“傻人们都受到老天爷的庇护，”一个脸颊扁平的乌兹别克人用不连贯的印地语[5]说道，“他们能预言将来的事情。”

“要是他们早能预言，我的骆驼队就不至于在山口附近被当地人抢劫一空了！”一个从拉杰普塔纳的货栈来的优素福扎伊[6]经纪人咕咕哝哝地说着。他们的货物在刚过边界时落入一伙强盗手中，他们的不

---

[1] 巴尔克：又称巴克特里亚，古国名，位于阿富汗北部及阿姆河北部一带，是琐罗亚斯德教创始人琐罗亚斯德的出生地。——译者注

[2] 布哈拉：今乌兹别克斯坦城市。——译者注

[3] 喀布尔：阿富汗首都。古代就是东西方贸易中心和王国都城。——编者注

[4] 埃米尔：伊斯兰国家的酋长、贵族或王公。——译者注

[5] 印地语：印度的两种官方语言之一，印度斯坦族的语言。——译者注

[6] 优素福扎伊：商号名称。——译者注

幸遭遇成了这里集市上众人的笑柄。“哦嗬，祭司，你从哪里来？要到哪里去？”

“我从罗马来，”祭司一边摇动着他的纸风车，一边喊道，“从罗马来，是一百个魔鬼吹着我漂洋过海来的！喂，小偷们、强盗们、骗子们，皮尔·可汗要赐福给猪狗们，给作假证的人们！谁把我这个受老天爷庇护的人带到北方去，把这些一贯灵验的符咒卖给埃米尔？谁在他们的商队里给我留个位子，他们的骆驼就不会磨破皮，他们的孩子就不会生病，他们的老婆在他们离开家时也不会对他们不忠实。谁帮我用一只带银后跟的金拖鞋来抽打鲁斯的国王？皮尔·可汗会保佑他旗开得胜！”他撑开大袍子的下摆，踮着脚尖在拴住的马的行列中转来转去。

“过二十天有个商队由白沙瓦出发去喀布尔，伙计，”那位优素福扎伊商人说，“我的骆驼一起去那里。你也去那里，给我们带上好运气，行吗？”

“我要马上就走！”祭司喊道，“我要骑上我的带翅膀的骆驼立即出发，一天便可赶到白沙瓦！嘿！哈扎尔·米尔·可汗，”他对他的仆人大声喝道，“把骆驼牵出去，先让我骑上我的骆驼。”

他的骆驼一跪到地上，他就纵身跳到骆驼背上，转身对我喊道：“先生，你也沿这条路走几步吧，我要卖给你一道符咒——一道能让你当上卡菲里斯坦国王的护身符。”

这时，我才恍然大悟。我跟着这两匹骆驼走出旅店，一直来到开阔的大路，祭司才停了下来。

“你觉得那怎么样？”他用英语说，“卡内汉不会讲他们的土话，所以我就让他当我的仆人。他可是个好样的仆人。我在这个国家已经四处游荡了十四年，可不是毫无收获。刚才我讲的那番话不是滴水不漏吗？在白沙瓦，我们将搭上一个商队，一直走到贾格达拉克，然后我们再看一看能否用我们的骆驼换几头驴，接着直奔卡菲里斯坦。那是给埃米尔准备的纸风车，啊，上帝！你把手放在骆驼驮的口袋下面，告诉我你摸到了什么东西。”

我摸到了一支马提尼枪的枪托，又摸到了一个枪托，又一个枪托。

“一共有二十支枪，”德雷沃特不动声色地说，“二十支枪，还有相配的弹药，放在纸风车和泥娃娃下面。”

“要是你被人抓住带这些东西，只好让上帝帮你的忙吧！”我说，“在帕坦人[1]那里，一支马提尼枪的价值相当于枪本身重量的银子。”

“一千五百卢比的本钱——每个卢比都是我们乞讨来的、借来的或偷来的——全押在这两匹骆驼上了，”德雷沃特说，“我们决不能让人抓住。我们随一个定期的商队走过凯伯尔山口[2]。谁会去碰一个可怜的疯疯癫癫的祭司呢？”

“你需要的东西都有了吗？”我被惊呆了，就问道。

“还没有，但是我们很快都会有的。给我们个纪念品，好记住你的好意，老兄。你帮过我的忙，昨天帮过，那一次在马尔瓦尔车站也帮过。正像俗话说的：我的王国一半归你。”我从表链上解下一个漂亮的小指南针，把它递给祭司。

“再见。”德雷沃特说着，小心翼翼地把手伸给我，“今后许多日子里，我们将不会再同一位英国绅士握手了。跟他握一下手，卡内汉。”他喊道，这时第二匹骆驼正从我面前走过。

卡内汉向下探着身子，同我握手告别。然后，两匹骆驼沿着尘土飞扬的大路向前走去，把我一个人撇在那里目瞪口呆，我居然一点也

[1] 帕坦人：印度西北境的阿富汗人。——编者注

[2] 凯伯尔山口：巴基斯坦北部与阿富汗交界的山口。——译者注

没看出他们的乔装打扮有什么破绽。旅店的场面证明他们在本地人的心目中是地地道道的本地人。所以，卡内汉和德雷沃特凭运气会毫不引人注目地穿过阿富汗。但是再走远，他们就要找死了——肯定要死，不得好死。

十天以后，一位本地记者从白沙瓦向我报告最新消息，他在信中结尾时说："这里不少人因为某个疯疯癫癫的祭司而乐得哈哈大笑。这位祭司根据他的估计，会把一些毫不起眼的小玩意儿和微不足道的小饰物卖给喀布尔的埃米尔殿下，因为他把这些玩意儿和饰物说成是了不起的符咒。他越过白沙瓦以后，同去喀布尔的第二批夏季商队联系上了。那些商人很高兴，出于迷信，他们认为这样疯疯癫癫的人会带来好运气。"

后来，这两个人越过了边界。我本来打算为他们祈祷的，但是那天夜里，有位真正的国王在欧洲去世了，因此需要登出一条讣告。

*****

世界的飞轮以同样的周期一圈一圈地旋转着。夏天过去了，冬天随后来到，接着也过去了。日报继续出版，而我也照常编辑日报，在第三年夏天一个炎热的夜晚，碰上夜间出报，碰上紧张地等候着从世界另一端用电讯稿发来的什么消息，一切都同往常的情况一模一样。在过去的两年里，一些大人物去世了，机器运转发出的轧轧声更加嘈杂了，编辑部的花园里有几棵树长高了几英尺。但仅有这么多不同之处而已。

我走到印刷机房，又经历了一遍我刚描述过的景象。紧张程度比两年前更加强烈，而我觉得天气也更加炎热。三点钟时，我喊了一声："印完报了！"我正转身要走，忽然发现有个像人的东西正向我的椅子爬来。他缩成一团，脑袋夹在两个肩膀中间，像一只熊那样把一只脚放在另一只脚上方晃一下再朝前移动。我几乎看不出他是在走还是在爬——这个用破布裹身、不住哀叫的跛足人在直呼我的名字，高声喊道他终于回来了。“你能给我点东西喝吗？”他抽抽搭搭地说，“看在上帝面上，给我点东西喝吧！”

我走回编辑办公室，这个人跟着我，边走边发出痛苦的呻吟。我把油灯拨亮。

“你难道不认识我了吗？”他上气不接下气地说道，一屁股坐在椅子里，把被乱蓬蓬的灰白头发盖住的扭曲的脸转向灯光。

我目不转睛地瞅着他。我以前曾见过这样的两道眉毛在眉心处相连形成一英寸宽的黑道，但现在就是要我的命我也说不出在什么地方见过他。

“我认不出你是谁，”我说着，递给他一杯威士忌酒，“我能替你做点什么事吗？”

他咕嘟喝了一口不掺水的纯酒。尽管天热得叫人透不过气来，他还是打寒战。

“我回来了，”他又说了一遍，“我当过卡菲里斯坦的国王——我和德雷沃特——我们俩当过加冕国王！是在这间办公室里我们定下来的——你坐在那里，给我们这些书看。我是皮奇——皮奇·塔里亚弗罗·卡内汉，自那以后你可一直都待在这里——啊，上帝！”

我十分惊讶，随之也表达了我的情感。

“那是真的，”卡内汉说道，咯咯地干笑了一下，轻轻地抚摩着用破布裹着的双脚，“千真万确。我们当过国王，头上戴过王冠——我跟德雷沃特——可怜的丹——啊，可怜的丹，可怜的丹，他从不肯听人劝，尽管我求他，他也不听劝！”

“喝点威士忌酒吧！”我说道，“别着急。把你能回忆起来的从头到尾一五一十讲给我听。当时你们骑着骆驼越过了边界，德雷沃特装扮成一个疯疯癫癫的祭司，你装扮成他的仆人。你还记得那些事吗？”

“我可没有疯——但是我很快也会发疯。当然，我还记得那些事。瞅着我，也许我的话语支离破碎不成句子。瞅着我的眼睛，什么也别说。”

我向前探着身子，眼睛尽量一眨也不眨地盯着他的脸。他的一只手耷拉下来放在桌上，我抓住他的手腕。他的手扭曲得像只鸟的爪子，手背上有一个凹凸不平的方块形红疤。

“不，不要看那里。看着我。”卡内汉说道，“那是以后要说的事。看在上帝面上，不要分散我的精力。我们同那个商队一道出发，我和德雷沃特，玩了各式各样的滑稽把戏，逗得跟我们同行的人很开心。傍晚，所有的人做饭的时候——做饭的时候，德雷沃特总是逗得我们哈哈大笑……他们当时干了些什么呢？他们点起小火堆，而火星飞溅到德雷沃特的胡子上，我们大家笑了起来——差一点笑破肚皮。那些小红火星，飞溅到德雷沃特的大把红胡子上——那么滑稽。”他的两眼不再死盯着我的眼睛，他傻呵呵地微笑着。

“你们同商队一起走到贾格达拉克那么远的地方，”我随便说了一句，“就是在你们点了那几小堆火以后。你们到了贾格达拉克就拐了弯，想进入卡菲里斯坦。”

“没有，我们没有那样。你在说些什么呀？我们没等走到贾格达拉克就拐弯了，因为我们听说路很好走。但是，对我们的两匹骆驼——我和德雷沃特的骆驼来说，路并不好走。当我们离开商队以后，德雷沃特就把衣服全部脱下，我也全脱下。他说我们得装扮成异教徒，因为卡菲里斯坦人[1]不准穆斯林同他们说话。于是我们就装扮成四不像的人，德雷沃特的那副样子，我从来没有见过，以后也不希望再见到了。他烧掉一半胡子，肩上搭块羊皮，把脑袋剃成阴阳头。他把我的头也

[1] 卡菲里斯坦人：指不信伊斯兰教的“异教徒”。——编者注

剃成那个样子，又让我穿上那身叫人讨厌的衣服，打扮得活像个异教徒。那里是一片极其荒凉的高山地带。因为山高，我们的骆驼再也不能向前行走了。这些山又高又黑，回来的路上我看到这些高山像山羊一样在打架——在卡菲里斯坦有许多山羊。而这些高山，却从来也不平静，就像山羊一样从来不平静。总是在打架，在夜里也不让你安稳地睡上一觉。”

“再喝点威士忌酒，”我慢慢地说着，“因为通往卡菲里斯坦的道路崎岖不平，当你们的骆驼不能继续向前走时，你和丹尼尔·德雷沃特是怎么办的呢？”

“谁怎么办什么？跟德雷沃特在一起的有个叫皮奇·塔里亚弗罗·卡内汉的人。我对你讲一讲他的事情好吗？在那里，他在严寒之中慢慢地要冻死了。老皮奇从桥上突然掉下来，在空中打旋，转圈，活像个能卖给埃米尔的价值一便士的纸风车——不，那是三便士能买两个的纸风车，要不就是我弄错了，我痛得难受……那时，这两匹骆驼已经没有用了。皮奇对德雷沃特说——‘看在上帝面上，咱们得想法离开这里，要是等到我们掉了脑袋就来不及了。’说完后，他们俩在山里把两只骆驼全宰了，可并没有得到什么特别好吃的肉。但是他们事先把装满枪支弹药的箱子卸了下来，后来有两个人赶着四只骡子走来。德雷沃特走上前去，在他们面前一边手舞足蹈比画，一边说道：‘把四只骡子卖给我吧！’第一个人回答说：‘如果你有足够的钱买骡子，你也就有足够的胆量抢骡子。’但是他还没来得及把手放在刀柄上，德雷沃特就已经把他撂倒了。另外那个人跑掉了。于是卡内汉把从骆驼背上卸下来的枪支弹药装到骡子背上。我们俩向前行走，进入那片严寒的高山地带，从来没有碰上一条比你的手背宽一点的路。”

他停顿了一会儿，我这时问他是否还记得他曾经走过的那个地区的特点。

“我尽量照直地告诉你，但是我的脑袋没有那么听使唤了。他们在我脑袋上钉了钉子，好让我听清楚德雷沃特到底是怎么死的。那个地区是高山地带，几只骡子又故意作对，居民是分散的、互不往来的。他们俩向上爬呀爬，又向下走呀走。另外那个伙伴卡内汉，恳求德雷沃特不要那样大声唱歌和吹口哨，唯恐会引起可怕的山崩。但是德雷沃特说，要是一个国王不会唱歌，也就不配当国王。他敲打着骡子屁股，在十个寒冷的日子里一直是什么也不在乎。我们来到了高山中一个宽阔的平坦山谷。骡子快要死了，于是我们就把骡子宰了，因为它们和我们都没有什么可吃的东西了。我们坐在箱子上，用从箱子里颠簸出来的子弹玩猜单双的游戏。

“那时候，忽然有十个手持弓箭的人沿着山谷向下跑，在追赶二十个手持弓箭的人，喧闹声震天动地。他们是些肤色白净的人——比你我还白净——长着黄头发，身材魁梧。德雷沃特一边从箱子里取出枪，一边说：‘买卖开张了。我们得替这十个人打一场。’说着他拿两支马提尼枪朝那二十个人开了火，从他坐的岩石那里撂倒了一个离他二百码[1]远的人。其余的那些人开始逃命，但是卡内汉和德雷沃特坐在箱子上逐个地瞄准，打死了那些在山谷里四处逃窜的人。然后，我们朝那十个也跑过雪地的人走去，他们向我们射来一支无足轻重的小箭。德雷沃特朝他们头顶上方开了一枪，他们都直挺挺地趴在地上。接着，德雷沃特走到他们跟前，用脚踢他们，然后把他们扶起来，同每个人握手表示友好。他喊着他们，把箱子交给他们扛，用吃奶的劲儿挥动他的手，好像他已经当上了国王。他们扛起箱子，带着他越过山谷，爬上一座山，进入山顶的一片松林里，那里有六七个大的石头神像。德雷沃特走到最大的那个神像面前——当地人都管这个神像叫英布拉——在神像脚下放了一支马提尼枪和一颗子弹，充满敬意地用自己的鼻子去擦碰神像的鼻子，轻轻地拍了一下神像脑袋，在它面前鞠了一躬。他转身对那些人点点头说：‘很好。我也是知道内情的。所有这些老家伙都是我的朋友。’接着他张开嘴，往里指了一指。当第一个人给他拿来食物时，他说：‘不要。’当第二个人拿来食物时，他还是说：‘不要。’但当一个上了年纪的祭司和村里的土司给他拿来食物时，他说：‘好吧！’然后他露出傲慢的样子，慢慢腾腾地把食物吃了下去。那是我们来到第一个村子的情景，没有遇上什么麻烦，

[1] 码：英美制长度单位，1 码等于 3 英尺，合 0.9144 米。——编者注

好像我们是自天而降一样。但是我们后来从一个该死的绳索桥上跌落下去，你知道——你无法想象一个人在那以后还能再笑得出来。”

“再喝口威士忌酒，接着往下讲吧，”我说，“那是你们进入第一个村子的情况。你们以后是怎么样当上国王的？”

“我没当国王，”卡内汉说，“德雷沃特当了国王。他在头顶戴上金冠，像个英俊的人。他和他的伙伴在村子里住了下来。每天早晨，德雷沃特坐在老英布拉神像旁边，人们都来膜拜。那是德雷沃特的命令。后来，许多人闯到这个山谷，卡内汉和德雷沃特没等他们知道来到的是什么地方，就用马提尼枪一枪一个撂倒了他们。他们二人跑进山谷，爬上另一边的山坡，发现另有一个村子，同第一个村子是一样的。那里的人都直挺挺地趴在地上，德雷沃特说——‘你们两个村子之间出了什么事？’人们指着一个女人，她肤色跟你我一样白净，她是被抢到这里来的。德雷沃特把她带回第一个村子，数了一下死尸共有八个。德雷沃特对着每具死尸，在地上洒了一点奶，像挥动纸风车一样挥舞他的双臂，说道：‘好吧！’然后，他和卡内汉拉着两个村子的土司的胳臂，押着他们走进山谷，告诉他们如何用长矛沿山谷划一条界线，然后每人从各自界线一边，划出一块草皮。所有的人都下山进入山谷，疯狂地喊叫，德雷沃特说道：‘回去挖地吧，让地里长出粮食，并获得好收成。’他们照着这话去干了，虽然他们不明白这是怎么回事。后来我们用他们的语言问各种东西的叫法——如面包、水、火、神像诸如此类。德雷沃特领着两个村子的祭司走到各自神像面前，说他们必须坐在那里，判断人们的对错。如果出了什么差错，他们就要被枪毙。

“在紧接着的下一个星期里，他们都来到山谷里翻地，安静得像蜜蜂一样，表现得比蜜蜂还好。两个村子的祭司听到人们的抱怨，用哑语手势告诉德雷沃特出了什么事。‘那仅仅是个开端，’德雷沃特说，

‘他们以为我们是神。’德雷沃特和卡内汉挑选出二十个精壮男子，告诉他们怎样扣马提尼枪的扳机，让他们排成四行，列队前进，他们很高兴这样做，也很聪明能看出其中的诀窍。然后他取出他的烟斗和烟袋，把烟斗留在一个村子，把烟袋留在另一个村子。我们离开那个村子，到下一条山谷去看一看该做些什么事情。那里全是岩石，仅有个小村庄。卡内汉说：‘把他们送到老山谷种地去吧。’然后就把他们带到老山谷，分给他们一些还没有人种过的土地。他们是一帮穷人。我们先在他们身上涂些小山羊血，再让他们进入这个新的王国。那就是给这些人打上印记，然后他们就不声不响地定居下来。卡内汉再回到德雷沃特那里去时，他已进入另一个山谷，四周冰天雪地，高山连绵，没有人迹。士兵们害怕了，于是德雷沃特就枪毙了一个士兵。接着他们继续前进，直到在一个村子里找到了一些人。士兵们前去解释说：‘如果那些人想活命不被打死，他们最好不要打火绳枪，因为他们有火绳枪。’我们同祭司交了朋友。我跟两个士兵单独留在那里，教那里的人操练。有个长得异乎寻常高大而说话带有鼻音的首领，敲着铜鼓，吹着号角，越过雪地走来，因为他听说这一带有个新的天神在四处活动。卡内汉瞄准了正在半英里外越过雪地的黑压压一片人群，打伤了其中一个人的胳臂。接着，他派人给这个首领传话过去，如果他不想找死，就得走过来同卡内汉握手，走来时得把两只胳臂背在身后。这个首领先是一个人走过来，卡内汉同他握了手，然后又挥舞自己的胳臂，就像德雷沃特通常做的那样。这个首领感到非常惊讶，就轻轻地捋（lǚ）了一下我的眉毛。然后，卡内汉单独走近这个首领，用哑语手势问他是否有恨之入骨的仇敌。这个首领说：‘我有。’于是，卡内汉从那个首领的手下人中间挑出最精壮的来，再从自己的正规军中派出两个人来教他们操练。在两个星期结束时，这些人居然能操练得如同英国志愿

兵[1]一样好。然后，他跟那个首领一起走到一座高山顶上的一片宽阔平地上，这个首领手下的人冲进一个村庄去占领它。我们的三支马提尼枪朝着黑压压一片敌人开火。这样，我们就攻下了那个村庄。我从上衣撕下一条破布交给那个首领，说道：‘守住这个村子，一直守到我回来的时候。’那是引自《圣经》的一句话。当我和我的士兵离开他一千八百码远的时候，为了提醒他记住，我朝他站的雪地附近打了一枪，他们所有的人都脸朝下趴在地上。随后，我又给德雷沃特发了一封信，不管他在什么地方，都要通过陆路或者海路送到他手中。”

我冒着使这个可怜家伙打乱思路的风险，插问了一句：“你怎么能写信寄到那么远的地方？”

“哪封信？——噢！——那封信！请你瞅着我的眉心看。那是封用绳线打结的信，我们是从旁遮普的一个瞎子乞丐那里学会这种传信方法的。”

我记起来曾有个盲人来到编辑办公室，他拿着一根有骨节的树枝和一根绳线，他把绳线按他自编的某种暗号缠绕在树枝上。他能在过了几天甚至几个星期以后，重述他用缠线方法代表的句子的意思。他把全部字母缩减为十一个简单音节，他试图教会我这个方法，但是我听不懂。

“我叫人把那封信送给了德雷沃特，”卡内汉说，“叫他快回来，因为这个王国已扩展得太大了，我管不过来了。然后，我赶到第一个山谷去，想看一看那里的祭司们干得怎么样。他们管我们同那个首领一起夺取的村子叫作巴什凯伊，管我们占领的第一个村子叫作厄尔-赫伯。在厄尔-赫伯村的祭司们干得还可以，但他们留下许多关于土

[1] 英国志愿兵：最初在拿破仑时代，后在19世纪中叶，英国在自愿基础上组织的保卫国防的军队。——译者注

地纠纷的悬案让我处理。外地的一些人不断在深夜里射冷箭。我走出去寻找那个村子，从一千码外向那个村子打了四枪，那一来可用完了我舍不得用的全部子弹。我等待着德雷沃特，而他已出外两三个月了。我让我的百姓保持平静。

“一天早晨，我听见了敲铜鼓吹号角的震天动地的嘈杂声。丹尼尔·德雷沃特率领他的军队，后面跟着几百人，浩浩荡荡走下山来。最为令人惊奇的是，他头戴一顶大金冠。‘我的老天爷！卡内汉，’丹尼尔说，‘这是个了不起的大买卖。咱们已得到了这个国家所值得拿的全部东西。我是亚历山大[1]和塞米拉米斯女王[2]所生的儿子，而你是我的弟弟，也是一个天神！这是我们见过的最了不起的大事！我已率领军队出征，战斗了六个星期，方圆五十英里的每个不起眼的小村子都兴高采烈地前来归顺。更重要的是，正像你看到的那样，我已掌握了全局的关键。此外，我也给你弄到了一顶王冠！我让他们在一个叫作舒的地方制作了两顶王冠，那里的岩石中有的是金子，就像羊肉里有的是板油那样。金子我已经见到了，而绿松石我也从峭壁上找到了。河里的沙子中有石榴石。这里还有一大厚块琥珀，是有个人给我送来的。现在把所有的祭司都召集到这里来，戴上你的王冠吧！’有个随从打开一个用黑色马鬃编织的袋子，我把王冠扣在头上。王冠太小又太沉，但是我为了荣耀而戴上了王冠。那是千锤百炼而制成的金冠——足有五磅重，像个大木桶的铁箍。

“‘皮奇，’德雷沃特说，‘我们不要再打仗了。帮会是个绝招，所以帮帮我吧！’我把我在巴什凯伊村留下的那个首领带到前面来——我们后来叫他比利·费什，因为他很像过去在勃兰河畔的马奇城开带

[1] 亚历山大（公元前 356 一公元前 323），即亚历山大大帝，马其顿国王，曾征服波斯、埃及等国。他的军队曾到印度、阿富汗。——译者注

[2] 塞米拉米斯女王：传说中的亚述女王，据传她曾修筑巴比伦及其空中花园。——译者注

水箱的大机车的司机比利·费什。‘跟他握一下手吧。’德雷沃特说。我跟他握了手，但差一点没站住，因为比利·费什握手时用了一种暗号[1]。我什么也没有说，但用了帮会弟兄的握手暗号去试探他。他的回答对上了。我又用帮会头目的握手暗号去试探他，但是这一次他回答错了。‘他是帮会的弟兄！’我对丹说，‘他知道暗语吗？’‘他知道，’丹回答说，‘所有的祭司都知道。真是个奇迹！这些首领和祭司都能运用跟我们非常相似的方法，来同帮会分会的成员联络。他们在岩石上刻着标记。但是他们不知道第三等级这回事。他们总会弄明白的。那是上帝的真理。在过去漫长的日子里，我了解到阿富汗人知道的帮会最高等级是弟兄等级。但这一次可真是个奇迹。我是天神，是帮会的一个大教主，我要成立帮会第三等级的分会，我们将要提拔各村的主要祭司和首领。’

“‘未经任何人授权就擅自成立一个分会，’我说，‘那是违反会规的。你知道，我们从来没有在任何分会中任过职。’

“‘那可是关键的一招，’德雷沃特说，‘那意味着治理这个国家就像让一辆四轮大车沿下坡路滑行一样容易。我们现在可不能停下来进行调查，那样他们会掉过头来反对我们。我的身后跟着四十个首领，他们已经受过考验，并根据他们的长处给予提拔。在这些村子里给这些人任命职务，保证我们能搭起一个帮会分会的架子来。英布拉神庙可以充当分会的活动场所。妇女们得按你教给她们的方法制作一些围裙。今晚我要举行接见首领们的仪式，明天举行成立分会的仪式。’

“我差一点跑断了腿。但是我还不至于那样傻，看不到帮会分会的成立能给我们多么大的推动力。我教给祭司们的家眷怎样制作表明

[1] 暗号：19 世纪，某帮会盛行于西方各国，有许多秘密仪式与会规，其成员可按伙计、师傅、大师傅三个等级逐步晋升，并且各有各的握手方式。——编者注

等级身份的围裙。但是，德雷沃特的围裙的蓝镶边和等级标记不是用布缝的，而是由大块绿松石镶嵌在白色牛皮上制成的。我们在神庙里安放了一块大方石作为教主的宝座，再放些小方石作为官员们的坐椅，并在黑色通道上画些白色正方图形，尽量把事情办得正规一些。

“那天晚上在山坡点起几大堆篝火，举行了接见仪式。德雷沃特宣布他和我是天神，是亚历山大的儿子，是帮会原先的大教主，现在来到这里为的是让卡菲里斯坦成为一个人人安居乐业，并特别服从我们俩的国度。接着，首领们依次前来握手，他们手上毛茸茸的，又非常白净，握起来简直同老朋友握手一样。我们按照我们在印度的一些老相识的名字给他们命名，有比利·费什、霍利·迪尔沃思，还有皮基·克尔根——这是我在姆霍时认识的一个集市老板的名字，以及其他名字，等等。

“最令人惊讶的奇迹，在第二天晚上举行的分会成立仪式上发生了。有个年老的祭司一刻也不停地看着我们，我感到不安，因为我知道我们不得不胡编一套仪式，可我不知道那里的人们究竟知道些什么情况。这个老祭司是从比巴什凯伊村更远的地方来的一个陌生人。德雷沃特刚一穿上女人们替他制作的教主围裙，这个祭司就高声号叫起来，并试图推倒德雷沃特坐的大方石。‘现在全乱套了，’我说道，‘那是未经许可就来干涉帮会的事务！’德雷沃特却连眼也没有眨一下，当十个祭司掀起并推翻大教主的宝座时——也就是推倒英布拉神庙的那块大方石时，他也没有眨一下眼睛。那个祭司开始擦石块的底部，清除上面的黑泥土。不一会儿，他让所有其他的祭司看有块教主的标记插在石块之中，那个标记跟德雷沃特围裙上的标记是一样的。甚至连英布拉神庙的祭司们也不知道那里有块教主标记。这个老家伙脸朝地扑在德雷沃特的脚下，亲吻他的双脚。‘又交运了！’德雷沃特隔着分会仪式的人群对我说，‘他们说这是块丢失了的标记，谁也不知道是怎么丢失的。我们现在更保险了。’接着，他猛敲枪托让大家肃静，又说道：‘凭借我自己的右手所授予我的权威，凭借皮奇的协助，我在卡菲里斯坦帮会总分会成立仪式上宣布：我就任本国帮会全体会员的大教主，并同皮奇一道就任卡菲里斯坦国王！’说罢，他戴上他的王冠，我也戴上我的王冠——我出任总督要职。我们以非常隆重的礼仪开始了分会成立仪式。那是个令人吃惊的奇迹！那些祭司们在分会成立仪式上，几乎不用告诉就按照前两个等级顺序走进会场，好像他们又恢复了记忆。尔后，皮奇和德雷沃特提拔了那些称职的人——那些边远村落的称职的高级祭司和首领。比利·费什是头一名。我对你讲，我们当时吓得他灵魂出窍。那根本不是按照仪式进行的，但是那样做却达到了我们的目的。我们从那些重要人物中提拔的不超过十个人，因为我们不想使第三等级的人太普遍。他们吵吵嚷嚷要求得到提拔。

“‘再过六个月，’德雷沃特说，‘我们再举行一次交流情况的会，看看你们干得怎么样。’接着他询问了他们村子的情况，了解到他们正在互相打仗，却对此都厌倦了。当他们相互不打时，他们就同穆斯林打。‘你们可以打那些入侵我们国家的穆斯林，’德雷沃特说，‘叫你们部族每十个人中出一人去当边界卫士，另外每次再派二百人到这个山谷来受训。只要他操练得好，就会刀枪不入。我知道你们是不会骗我的，你们也是白皮肤的人——是亚历山大的子孙——不像那些平庸的黑皮肤的穆斯林。你们都是我的百姓，上帝作证。’他说着，最后竟讲起英语来：‘我要把你们这里建造成一个顶棒的国家，不然我就在建国过程中死去。’

“我说不清我们在以后的六个月里干的全部事情，因为德雷沃特干了许多事，我看不出其中的门道。他用一种我永远也学不会的方法

学会了他们的语言。我的工作是帮助百姓学会耕地，又不时地带些正规军士兵去视察其他村子的情况，还让他们越过深谷架设绳索桥，那些深谷把这个国家搞得四分五裂，不成样子。德雷沃特待我很好。当他在松林里踱来踱去，攥紧双拳来拽他那血红色大把胡子时，我知道他正在思考我无法参谋的计划，我只有听候命令。

“但是德雷沃特从不在众人面前表现出对我有什么不敬之处。众人怕我，也怕正规军，但是他们却敬爱德雷沃特。他跟祭司和首领们是最好的朋友。而不管谁走过群山来找他诉苦，德雷沃特总会叫他把话说完，然后召来四个祭司，讲一讲该怎么办。当在一些小村子里将要打仗时，他通常从巴什凯伊村召来比利·费什，从舒那个地方召来皮基·克尔根，还召来一个我们管他叫卡甫泽伦姆的老首领——这个名字倒很像他的真名——同他们一道开会商量。那是他的‘战时内阁’会议，而来自巴什凯伊、舒、卡瓦克和马杜拉的四个祭司，便组成了他的枢密院。根据他们抓阄儿的结果，他派我带上四十名士兵和二十支马提尼枪，再带上六十人背着绿松石，深入廓尔班地区去买那些土造马提尼枪，那些枪原是喀布尔的埃米尔的作坊里制造的产品，现在经埃米尔驻赫拉特[1]的一个团卖了出来，为了换取绿松石，让他们从嘴里拔牙，他们也是会干得出来的。

“我在廓尔班待了一个月，从我的筐子里挑出最珍贵的绿松石送给那里的总督，好封住他的嘴。又给了那个团的上校更多的贿赂。这样我们才从这两个人那里，又从部族的人们那里，买到了一百多支土造的马提尼枪和一百支射程为六百码的柯哈特－杰扎尔枪，还买到足够四十个人背的来复枪用的质量次的子弹。我把我搞到的枪支弹药运了回来，分发给首领们派来让我训练的士兵。德雷沃特太忙，顾不上

[1] 赫拉特：阿富汗西部城市。——译者注

过问这些事情。但是我们最初建立的老正规军却帮了我的忙。我们培训了五百名会操练的士兵，又培训了二百名能把胳臂举得很直的士兵。连那些像软木塞起子形状的土造枪，对他们来说也是奇迹。当冬天来临时，德雷沃特一边在松林里踱来踱去，一边大谈特谈关于开办火药作坊和工厂的事。

"'我不想建立一个普通国家啦。'他说。'我要建立一个帝国！这些百姓不是黑人，他们是英国人！看一看他们的眼睛——看一看他们的嘴巴，看一看他们起立时的姿势。他们在自己家里也坐椅子。他们是那些湮（yān）没已久的以色列部族[1]，或者类似的什么人，他们已变成了英国人。要是这些祭司不觉得害怕的话，我打算在春天里进行一次人口普查。在这些山里肯定足有二百万人。这些村子里到处是小孩。二百万人——有二十五万名能打仗的男人——都是英国人！他们只要拿到枪，稍加训练即可。二十五万名士兵，在俄国人企图入侵印度时，准备好直插俄国人的右翼！皮奇，老伙计，'他边说，边大口咀嚼他的大把胡子，'我们将要当皇帝，当全世界的皇帝！布鲁克王公[2]对我们来说，只算个乳臭未干的小儿。我将与印度总督平起平坐。我要叫他给我派十二名精心挑选的英国人——十二名我认识的人——来帮助我们治理国家。有个名叫麦克雷的，他是西戈立那个地方领养老金的警官——他请我吃过许多次丰盛的饭菜，他的老婆给过我一条裤子。还有个叫唐金的，他是托恩胡监狱的看守人。要是我当下在印度的话，我随手能找来几百个人。总督将会替我办这件事。春天时，我将派人去找来这些人。我还要写封信向帮会总部要个委任状，批准我就任大

[1] 湮没已久的以色列部族：公元前 588 年，亚述王占领耶路撒冷，抓走十个以色列部族，这些部族后来下落不明，他们的命运引起种种猜测。——译者注

[2] 布鲁克王公，指英国人詹姆士 · 布鲁克（1803—1868），曾协助英属婆罗洲（今加里曼丹）的苏丹镇压叛乱，被封为沙捞越王公。——译者注

教主的作为。当印度本地的军队都换用马提尼枪时，他们原有的后膛枪就统统扔掉不用了。这些枪肯定都已经磨得油光滑亮了，但是拿过来在这些山里打仗还能顶用。十二个英国人，外加十万条后膛枪，会一点一点地穿过这位埃米尔的国土到我们这里来——过一年后我有了两万支后膛枪，就心满意足了——我们会建成一个帝国的。当一切事情都办得井井有条时，我就把这顶王冠——我现在戴的这顶王冠——双膝跪着奉献给维多利亚女王，而女王陛下会说：平身，丹尼尔·德雷沃特勋爵。啊，那太伟大了！太伟大了！我给你说吧！但是现在每个地方——在巴什凯伊、卡瓦克、舒以及其他每个地方，都有那么多事情要做。'

"'怎么回事？'我问道，'今年秋天再没有人来受训了。看这些浓浓密密的乌云。这些云会带来大雪的。'

"'不是那么回事，'丹尼尔说着，把手重重地搭在我的肩膀上，'我不想说任何反对你的话，因为还没有别的活着的人曾像你那样跟随我，使我变成现在这个样子。你是个第一流的总司令，百姓们都了解你。但是——这是个大的国家，不知怎的，皮奇，你不能按照我需要得到帮助的方式来帮助我。'

"'那么，你就去找你那些该死的祭司吧！'我说道。当我说完那番话时，我很后悔。但是由于我训练了所有的军队，按他的吩咐照办了每一件事，而我发现他说起话来却盛气凌人，这的确刺痛了我的心。

"'皮奇，咱们可不要吵架，'丹尼尔说道，一点也没有骂人，'你也是个国王，这个王国的一半归你。可是难道你看不出来，皮奇，我们现在需要比我们更聪明的人——需要三四个人，三四个可以作为我们的副手分散到各地去的人。这是个非常之大的国家，我总是说不清该怎样做才算对，我没有时间去做我想做的每一件事。现在冬天又要来了。’他把胡子的一半都放进嘴里，胡子像他王冠上的金子一样泛着光。

“‘对不起，丹尼尔，’我说道，‘我已尽力而为。我训练过士兵，教过百姓怎样更好地堆垛燕麦。我还从廓尔班搞来了这些马口铁制的来复枪——但是我知道你现在打算干什么。我觉得国王们总是感到那样才有压力。’

“‘另外还有一件事，’德雷沃特边说，边踱来踱去，‘冬天快到了。这些百姓不会惹出多少麻烦来。要是他们找麻烦，我们就寸步难行了。现在我想要个老婆。’

“‘求上帝保佑，别去动女人！’我说，‘我们俩都有我们要干的事。虽然说我确实是个傻子，可请记住咱们的契约，离女人远点吧！’

“‘契约的有效期只延续到我们当上国王的时候。而我们已经当上国王好几个月了，’德雷沃特说着，在手里掂量他的王冠，‘你也去找个老婆，皮奇——找个漂亮、强壮而丰满的女人。她们比英国女人俊俏，我们可以从中挑好的。’

“‘别诱惑我！’我说，‘只要我们仍想像现在这样在这里定居，我就决不同女人有任何来往。我一直在干两个人的活，而你一直在干三个人的活。让我们暂时歇会儿吧，看看我们能不能从阿富汗搞点上好烟草，再弄进点好酒，但是决不要女人。’

“‘谁在谈女人呢？’德雷沃特说，‘我说的是老婆，是一个能替国王生育王子的王后。一个出自最强大部族的王后，她能使百姓成为你的同胞兄弟，她能躺在你身边，给你讲百姓对你的想法，以及对他们自己事务的想法。那才是我想要的。’

“‘你还记得我在莫古尔·塞拉伊当铺路工时所相好的那个孟加拉女人吗？’我说，‘她给了我许许多多好处。她教我说本地话，还教我一两件别的事。但是结果怎么样呢？她同火车站长的仆人私奔了，还拐走了我半个月的薪水。接着，她又在达杜尔车站同一个半种姓的人一道露面，她竟在流动工棚里当着所有司机的面，大言不惭地说我是她的丈夫！'

"'我们已跟过去一刀两断了，'德雷沃特说，'而这些女人却比我长得还白净，我要的是在冬季几个月里陪伴我的王后。'

"'最后请求你一次，丹尼尔，不要那样做。'我说，'那样会给我们带来祸害。《圣经》上说：国王不要在女人身上浪费他的精力，特别是他们刚得到一个新的国家需要治理的时候。'"

"'最后回答你一次，我偏要那样做。'德雷沃特边说，边像一个大红鬼一样穿过松林走开。太阳光正照射在他的王冠上、胡子上和整个身体上。

"但是找到一个老婆，可不像丹想的那么容易。他在枢密院会议上提出这个问题，可是一直到比利·费什说他最好先问一下那些女人，才算有人吭声。德雷沃特把他们挨个臭骂了一通。'我有什么不是的地方？'他站在英布拉神像面前，大声喊道，'难道我连条狗都不如？还是我不够男子汉大丈夫气概，配不上你们这里的女人？难道不是我亲手治理了这个国家？是谁阻止了最近一次阿富汗人的抢劫？'那实际上是我干的，可是德雷沃特太愤怒了，记不清那些了。'谁替你们买的枪？谁替你们修的桥？谁是具有镶嵌在这块大方石里的标记的大教主？'他边说，边用手重重地捶击他在举行帮会分会仪式或举行枢密院会议时所坐的大方石。他召开的枢密院会议常常跟帮会分会仪式一样。比利·费什一言不发，其他的人也沉默不语。'你要保持冷静，丹，'我说道，'问一下女人们也好。在咱们家乡也是这样做的，这些人倒是颇有点英国人味道。'

"'国王的婚事是国家大事。'丹说话时，火冒三丈，气氛到了白热化程度，我希望他能感觉到他的作为是违反他比较理智的头脑的。他走出了议事厅，其余的人静静地坐在那里，眼睛瞅着地面。

"'比利·费什，'我对巴什凯伊村的首领说，'这里有什么难题？请你直截了当地回答一位真正的朋友。'

"'你知道，'比利·费什说，'一个人怎么会对你这样一个什么都知道的人说实话呢？凡人的闺女怎么能嫁给天神或魔鬼呢？那不太合适吧。'

"我当时记起《圣经》里有差不多类似的话，但是他们在观察了我们的所作所为这么长时间之后，仍然相信我们是天神。想叫他们醒悟过来，可不是我所能做到的。

"'一个天神是什么都能做得到的，'我说，'如果国王喜欢一个女人，他就会让她长生不老。''她肯定会死的，'比利·费什说，'在这一带高山里有各种各样的天神和魔鬼。不时地有一个女人嫁给了一个天神或魔鬼，但从此再也见不到她了。此外，你们二人是知道镶嵌在大方石里的那个标记的。只有天神才知道那样的事。在你们显露出大教主的标记以前，我们还以为你们是凡人呢。'

"我当时真希望，我们在一开始就对泄露出帮会大教主的真正秘密那件事做出解释；可是我们什么也没有说。那一整夜，在半山腰的一个漆黑的小神庙里一直响着牛角号声，我听到一个女人哭得死去活来。一个祭司告诉我们：'正准备把她嫁给国王陛下。'

"'我可不要干那种荒唐事，'丹说道，'我不想干涉你们的习俗，但是我要选择我自己的老婆。'——'那个女人有点害怕，'那个祭司说，'她以为快要死了，人们正在山下的神庙里给她鼓劲儿呢。'

"'那么，给她鼓劲儿鼓得柔和一点，'德雷沃特说，'否则我要用枪托也给你们鼓劲儿，叫你们永远不想再鼓劲儿了。’丹说着舔了一下嘴唇，他没有睡觉，踱来踱去，走了大半夜，想着他在第二天上午要娶的老婆。我可一点也不舒服，因为我知道即使你当了二十多次加冕国王，在异乡同女人打交道，仍是件冒险的事。那天早上，我起得非常早，而德雷沃特仍在睡大觉。我看到祭司们凑在一起窃窃私语，首领们也聚在一起交头接耳，他们从眼角瞟着我。

“‘出什么事了，费什？’我问巴什凯伊村的首领，他裹在皮大氅（chǎng）里，看上去样子很精神。

“‘我说不好，’他回答说，‘不过，要是你能叫国王放弃关于结婚这桩荒唐事，你会对他，对我，也对你自己做出一件功德无量的好事。’

“‘我确实相信是那么回事，’我说，‘可是，比利，你同我们打过仗，也替我们打过仗，你跟我一样确实知道：国王和我只不过是上帝所造的最好的凡人中的两个。如此而已。我向你保证这一点。’

“‘那可能吧！’比利·费什说，‘但是，如果真是那样，我倒很遗憾。’他把脑袋缩进宽大的皮大氅里待了一会儿，思考着。‘国王陛下，’他说，‘不管你是凡人，是天神，还是魔鬼，今天我都会坚守在你身边。我有二十名手下跟着我，他们将听我的调遣。等这场暴风雪过后，我们就回巴什凯伊村去。’

“夜里下了一点雪。除了从北方刮来的越来越低的阴暗的厚厚的乌云之外，四周一切都变白了。德雷沃特头上戴着王冠走了出来，挥转了一下双臂，又跺了一下双脚，显得格外高兴。

“‘最后再说一次，你放弃这件事吧，丹！’我低声说道，‘比利·费什说这里将有一场骚乱。’

“‘我的百姓中会有一场骚乱！’德雷沃特说，‘没有那么严重。

皮奇，你是个傻瓜，是娶不到老婆的。那个女人在哪里？’他说话声音大得像头公驴在叫。‘把所有的首领和祭司都召集到这里来。让皇帝看一看他的皇后是否配得上他。’

“不必召集任何人了。他们都在那里，围着松林中心的空地，靠在他们的枪托或长矛柄上。一伙祭司下山到小神庙去接那个女子上山。号角吹起来，响得能把死人震醒。比利·费什在周围走来走去，尽量靠近丹尼尔，他身后站着他的二十名部下，都手持火绳枪。他们中间没有一个人身高低于六英尺。我紧挨着德雷沃特，我身后是二十名正规军士兵。那个女子走上山来，她是个健壮的女人，满身佩戴着银饰和绿松石，可脸色苍白得如同死人一般，她不住地向后望着众祭司。

“‘她可以嘛，’丹一面说，一面上下打量着她，‘有什么可害怕的，姑娘？过来一下。’他伸出胳臂搂住她。而她闭上双眼，发出一声尖叫，把脸朝下埋到丹的火红的胡子里。

“‘她咬了我！’他说道，用手拍着他的脖子，他肯定挨咬了，他的手上沾满了鲜血。比利·费什和他的两个持火绳枪的部下连忙抓住丹的肩膀，把他拽到巴什凯伊村的士兵队伍里。而这时祭司们用他们的土话大声号叫起来：‘原来既不是天神，也不是魔鬼，而是个凡人！’我完全惊呆了，因为有个祭司在我面前正抡刀朝我砍来，我身后的正规军开始朝巴什凯伊村的士兵开火。

“‘上帝呀！’丹喊道，‘这是什么意思？’

“‘往回撤！快跑！’比利·费什嚷道，‘这是毁灭！这是兵变！如果可能，我们要突围打回巴什凯伊村去。’

“我试图给我的部下——给正规军士兵们——下达命令，但是不顶用了。于是我就端起英国造马提尼枪朝人群中开火，一下子打死了三个穷小子。山谷里到处是高喊、号叫的人，每个人都在尖声嚷道：

‘既不是天神，也不是魔鬼，只不过是个凡人！’巴什凯伊村的士兵用他们的宝贵生命紧紧地护着比利·费什，但是他们的火绳枪的威力，却不及喀布尔造的后膛枪的一半，他们中有四人被打倒了。丹像头公牛一样吼叫着，因为他怨气冲天。比利·费什用了很大的劲儿，才阻止住他，不让他跑出去冲向人群。

“‘我们坚持不了啦！’比利·费什说，‘沿着山谷向下跑吧！这整个地方的人都在反对我们。’拿火绳枪的士兵们奔跑起来，我们不顾德雷沃特的反对，也沿着山谷向下跑。他厉声地咒骂着，大喊大叫说他是个国王。祭司们推下巨石朝我们滚来，正规军则猛烈地开火。最后跑下山谷到达底端的人，不算丹、比利·费什和我，总共还有六个人。

“后来，他们停止了射击，神庙里又响起号角声。‘快走！——求上帝保佑，快走！’比利·费什说，‘他们将在我们到达巴什凯伊村以前，派人跑步到各村去送信。我能在巴什凯伊村保护你，可现在我却无能为力。’

“我现在想：丹的头脑从那时起就开始发疯了。他像头自大傲慢的猪一样两眼上下扫视着。他打算一个人独自走回去，赤手空拳打死所有的祭司，那样的事他可能会干得出来的。‘我是皇帝！’丹尼尔说道，‘明年我就变成女王的一名骑士了。’

“‘那很对，丹，’我说道，‘可趁现在还来得及，赶快走吧！’

“‘那是你的过错，’他说道，‘你没有管教好你的军队。中间出了兵变，而你却事先不知道——你这个该死的开火车的、当养路工的、当传教士的猎狗！’他坐在一块岩石上，用他能骂出口的话来臭骂我，尽管完全是由于他的愚蠢才造成了这次溃败，我太伤心了，完全不在乎了。

“‘我很难过，丹，’我说道，‘可也不要怪罪那些本地人了。

这次是我们的第五十七桩买卖了。也许当我们到了巴什凯伊村以后，我们还会找到办法的。’

“‘那么让我们到巴什凯伊村去吧，’丹说道，‘向上帝保证，当我再回到这里时，我要扫平这个山谷，不让毛毯里留下一个臭虫。’

“我们走了一整天又一整宿的路，丹在雪地里迈步十分艰难地走上走下，嘴里嚼着胡子，喃喃自语。

“‘没有希望突围了，’比利·费什说，‘祭司们会派人跑到各村说你们只不过是些凡人。你们为什么不一直坚持说自己是天神，等到事情比较稳定的时候再改口？我已经是个死人了。’他扑倒在雪地里，开始向他的天神祈祷。

“第二天早晨，我们来到一个非常糟糕的地方——到处高高低低，坑坑洼洼，一点平地也没有，什么吃的也没有。那六个巴什凯伊村的士兵看着比利·费什，露出饥饿的样子，好像他们想乞求点什么吃的，但是他们一句话也没有说。中午，我们来到一个冰雪覆盖的平坦高山的顶端。当我们向上爬，走近山顶时，看到在山顶中央早有一支军队严阵以待。

“‘那些跑步送信的人真快，’比利·费什说，微微地笑了一下，‘他们正等着我们呢。’

“敌人那边有三四个人开始射击，有一枪碰巧打在德雷沃特的腿肚子上。那一枪使他头脑清醒了。他隔着雪地远望那队士兵，看见了我们当初运进这个国家的那些来复枪。

“‘我们完蛋了！’他说，‘他们是英国人，这些人是英国人——都是我的这一派胡言乱语，害得你落到这般地步。回去吧，比利·费什，带着你的士兵走开吧！卡内汉，你现在已经尽力而为了，你突围出去吧！’他又说，‘你同我握手告别吧，跟比利一起走吧！可能他们不

会杀害你的。我要一个人去会一会他们。是我惹出了这些事，是我，是国王！’

“‘去你的吧！’我说，‘见鬼去吧，丹！我跟你一起留在这里。比利·费什，你们突围出去吧！我们俩要会一会这些人。’

“‘我是个首领，’比利·费什十分安详地说，‘我同你们一道留下。我的部下可以回去。’

“巴什凯伊村的那些家伙没等听到第二句话，就逃之夭夭了。丹、我和比利·费什朝着铜鼓齐擂、号角齐鸣的地方走了过去。这时天气很冷——冷得可怕。我的后脑勺在那时冻坏了。至今那里还有个肿块。”

拉吊风扇的苦力已经睡着了。编辑办公室的两盏煤油灯还在闪闪发亮。汗水从我面颊直流而下。当我向前探身子时，汗水溅在吸墨水纸上。卡内汉在颤抖着。我害怕他的头脑会不听使唤了。我擦了擦脸上的汗水，又紧握住他那双可怜的全是刀伤的手，问道：“后来怎么样了？”

我的眼睛往别处短暂地闪了一下，却打断了他那清晰的思路。

“你高兴听到什么呢？”卡内汉哀声地说，“他们一声不吭把他们三个人抓了起来。整个雪地里连一点低声耳语都听不到。甚至国王打倒了第一个向他动手的人，他们仍然一声不吭。——甚至老皮奇向人群射出了最后一颗子弹，他们仍然一声不吭。那些猪猡一丁点声音也不出。他们只是越靠拢越紧。我告诉你吧，他们的皮袄散发着臊臭味。有个名叫比利·费什的人，我们大家的一个好朋友，当时却被他们在那里给像杀猪一样割断了喉咙，先生。国王用脚踢起鲜血染红的白雪，说道：‘我们曾为赚钱而拼命奔走。下面该怎么办？’但是，皮奇，皮奇·塔里亚弗罗——我告诉你，先生，只有你我两个朋友私下知道，他被打死了，先生。不，他没有被打死。国王却被打死了。

他是在沿着一条精巧的绳索桥走时被打死的。先生，请递给我那把裁纸刀。绳索桥是这样倾斜的。他们大队人马押着他在雪地里走了一英里路，来到一条绳索桥前，桥架在一条深谷上方，谷底有条大河流过。你可能见过那样的场面。他们在他身后像赶牛似的推搡(sǎng)着他。‘你们瞎了眼啦！’国王说，‘你们不信我会像位绅士那样体面地死去吗？’他转身对着皮奇，皮奇正像个孩子似的号啕大哭。‘是我害得你落到这个地步，皮奇，’他说道，‘害得你失去了幸福生活，而要在卡菲里斯坦遭到杀害，尽管你刚在这个地方当过皇帝军队的总司令。请你原谅我吧，皮奇。’——‘我原谅你，’皮奇说，‘我完完全全原谅你，丹。’——‘咱们握握手吧，皮奇，’他说，‘我要走了。’他向前走去，既不左顾，也不右盼，当他走到令人头晕眼花的摇来晃去的绳索桥正中央时，他喊道：‘砍吧，你们这些叫花子。’他们砍断了绳索，老丹尼尔掉了下去，转了一圈又一圈，摔下去两万英里，因为他下落用了半小时才碰到水面。我能看到他的身体被一块岩石挡住了，那个金王冠就在他身旁。

“但是你知道他们是怎样在两棵松树之间对付皮奇的吗？他们把他吊在那里，他尖叫着。第二天，他们把他放了下来，说他没有死，真是个奇迹。他们把他放了下来——把从未伤害过他们的可怜的老皮奇放了下来——把从未伤害过他们的……”

他前后摇晃着身子，伤心地哭泣着，用他那伤痕累累的手背揉擦眼睛，又像个孩子似的呜呜哭了大约十分钟。

“他们残酷地折磨他，在神庙里喂他吃的，因为他们说他比那个凡人老丹尼尔更具有神的味道。然后他们把他赶到雪地里，打发他回家去。皮奇沿路乞讨，走了大约一年时间，才平安地回到家。丹尼尔·德雷沃特走在他前面，说道：‘走吧，皮奇，我们干的是一番大事业。’

高山在夜里跳起舞来，高山要倒下来压在皮奇的头上。但是丹高抬着手，皮奇弓着腰走了过来。他从来不放开丹的手，他从来不放开丹的头。他们在神庙里把丹的头送给了他，提醒他不要再回到那里去。尽管王冠是纯金制的，皮奇却一路挨饿，因为皮奇不肯卖掉王冠。你是认识德雷沃特的，先生！你是认识正直的、可尊敬的德雷沃特弟兄的！现在看看他吧！”

他往缠在腰间的破烂布堆里摸索着，掏出一个银线绣花的黑色马鬃编织的口袋来，又哆哩哆嗦地从里面拿出一个东西放在桌子上——那正是丹尼尔·德雷沃特的头，早已干瘪、萎缩！早已使油灯显得黯淡的晨光照射在火红的胡子和深陷的瞎眼窝里；晨光也照射在一个重重的金制环形饰物上，那上面镶嵌有未经琢磨的绿松石。卡内汉把这个环形饰物轻轻地放在那个摔烂的头的太阳穴上。

“你现在瞧，”卡内汉说，“这位皇帝还保持着跟他在世时一样的习惯——这位卡菲里斯坦国王头上戴着王冠。可怜啊，曾经当过一国之主的老丹尼尔！”

我颤抖了一下，因为尽管头的许多地方已经摔坏，我却仍能认出这正是我在马尔瓦尔车站遇到的那个人的脑袋。卡内汉起身要走。我竭力留住他。他是不适宜走到外面去的。“让我带走这些威士忌酒，再给我点钱吧！”他上气不接下气地说，“我也曾经当过国王。我要到地方长官那里去，请他把我安排到贫民院去，一直待到我恢复健康。不，谢谢你吧。我可等不到你替我叫来一辆马车。我有紧迫的私人事务——在南方——在马尔瓦尔。”

他踉（liàng）踉跄（qiàng）跄走出办公室，朝地方长官官邸的方向走去。那天中午，我碰巧有事走过那条令人眼花缭乱的炎热的林荫路，看到有个身体畸形的人正在路旁的白色尘埃里爬行，他手里拿着帽子，

GREETS PAKISTAN
Mr. Jinnah Re-Affirms Firm Friendship With Britain
NEW CABINET OF INDIA
Bhindranwale link flayed

学着英国本土的街头卖唱人的样子，用令人悲哀的颤音唱着歌。街上一个人影也看不见，他的声音也根本传不到路两旁的房子里。他用鼻子哼唱，左右摇晃着脑袋：

上帝之子去参战，
为的就是夺王冠。
血红旗帜飘远方，
——有谁跟他冲向前？

我一直等到再也听不见他哼唱时，才把这个可怜的人扶进我的马车，送他到最近的一个传教士那里，好最后把他转到收容所去。他跟我一起坐上车时，又哼唱了两遍那首赞歌。而他一点也没有认出我来。我把他留下，让他给传教士唱这首赞歌吧。

两天以后，我向收容所主管人询问他的健康状况。

“他是因中暑而被收容的。昨天清晨他已死去，”主管人说，“那天中午，他真的光着脑袋在烈日下晒了半个小时吗？”

“是的，”我回答说，“可您是否知道当他死的时候，头上还戴着个什么东西？”

“就我所知，什么东西也没有。”主管人说。

这件事就此结束了。

作者简介

吉卜林（1865—1936）

英国儿童文学家。1907 年诺贝尔文学奖得主。曾被授予英国桂冠诗人头衔，但被他拒绝了。作品包括《丛林之书》等。

绘者简介

费尔南多·维森特

西班牙插画家，西班牙《国家报》周刊插画师，获得新闻设计协会的三个卓越奖项，以及 1990 年的“插图黄金奖”。

译者简介

王逢鑫

北京大学英文系教授、博士生导师。